JN115516

歌集

水の詩《うた》がきこえる

中平武子

砂子屋書房

著者写真

＊目次

I

II

Ⅳ

装本・倉本　修

歌集

水の詩《うた》がきこえる

I

淡雪のふる

時積みてそびゆる杉の木立見え冬至のひかり浄くさしくる

にび色の空を閉ざして落ちてくる雪かぎりなし野をおほひゆく

雪の止み煌々と月の照らす木々影あざやかに動くものなし

ほとほとと淡雪のふる町かどに人を待ちをり思ひつのりて

どんよりと雪原は暮れ西空に浄きあかねの一筋とほし

帰り路にわが手袋を見つけたり　形のくづれ力なき指

ふる雪にほのかに明るき窓のそと「雪の女」の気配なりしや

「雪女」の合唱の声澄みわたり暗きホールにしんしんと雪

梅の花ひろひ集めし手のひらのあえかに香り梅林をゆく

春の雪に折れたるえごの一枝はまなくほどけん蕾のあまた

蓮華田に寝ころび見上げる青き空　恐れるものは何もなかりし

昨夜《きぞ》の雨過ぎたる畑はしめり持ち緑はつかに草々めぶく

八角の塔

そそりたつ山襞ふかく黒き影　妙義山めぐりを圧する力

別所にて宿りし明け方　わが眠りにそふるごと鳴る鐘の音ちかし

雲海に閉ざされし地の明けそめて時をり音立ち色まとひゆく

のびやかに天に反りたる八角の塔はうちなる憧れにたつ

かへりみる木立のもみぢ沈む日にはや影くらき塔をいろどる

炎天の坂上りきて火照りたる足浸しをり森かげの小川

石飛ばす野分としるす芭蕉の碑　浅間神社の一角を占む

堀辰雄の好みし泉洞寺の石仏草長《た》けしなかにあどけなき顔

をちこちに灯りの点る山間をひとしく照らし月のぼりゆく

詠みびと知らず

跳ねてゆく子鹿の尻の白くみえ春日の杜はまだ薄明かり

おさなくて素朴な顔の土偶欲し　奈良の土産屋つぎつぎ覗く

身ごもれる土偶は太き脚に立ち細き目のうち強くやさしも

神さびて恋にあひしと詠ひたる石上《いそのかみ》の歌碑詠みびと知らず

石上の丘にのぼりて見つけたる土筆のそばにお握りを食ぶ

道端に腰下す時茶トラの猫旅人われを観察するらし

畑中の道をゆく時泥つきの葱を抱へる少女らの笑顔

この郷の源流の森に分け入りて手にすくふ水甘くつめたし

人の姿みることの無き道を行く　いにしへの郷は川音にそふ

道端の無人の店に求めたる色良き蜜柑にわが身うるほふ

大和まほろば

のぼり来し阿部文殊院の騎馬像のこころに姿に向かひ時たつ

愛らしき顔かしげをり　騎馬像によりそひて立つ善哉童子

文殊院より見はるかす町こんもりと小さき森は箸墓古墳か

力尽きし姿に見えん村人は手づくりの杖をわれに差し出す

はるかなる二上山に浮かび来るはじめて覚えし万葉の歌

きれぎれに笙さらふ音聞こえくる大神神社《おほみわ》の裏手のみちに

池へだて万灯の廊に参りたる人らつぎつぎ夜に散りゆく

をりをりの阿修羅

ぽつかりと赤き満月屋根ちかき空に昇ると告げたきものか

灯のともる南円堂にたたく銅鑼《どら》かわきし音は響きをもたず

凛として妥協ゆるさぬ眼差しの阿修羅にあひぬ　われの十代

眼差しの思ひまうけぬ優しさに阿修羅は悲しき吾を見たまふ

歳月にお指の先の傷みたる阿修羅のほろびを受け止めがたく

廊めぐりふたたび向かふ阿修羅像われの負ふ苦をともに担ふや

久々にあひし阿修羅はあるがままの吾をうけとめ静かにおはす

重き日々その横顔にしのばるる阿修羅に親しみ近々と寄る

一歳の皇子喪ひし皇后の願ひに成りし阿修羅と聞くも

まぼろしの清経

舞台すすむシテの動きにどれほどの修練ありや一歩見つめる

一歩ゆき語るひとつか　まぼろしの清経ゆるりゆるりと歩む
おづおづとわが手に抱く小面《こおもて》の笑まふかに見えふいに翳さす
傾けし小面の瞳《め》はいきいきと艶なるさまに吾を見つむる

おもむろに肩に抱かれし小鼓は閃きし手に音を放ちぬ

薪能始まらんとする増上寺の草生にすだく虫の音高し

篝火の煙は白く子をしのぶ「藤戸」の母は炎にうきたつ

薪能をはりて帰る地下鉄の単調なる音にわが身ゆだねつ

茜色の袍

祭礼の氷室神社は御所車飾られ舞楽の奉納を待つ

咲き満ちし八重の桜は舞をまつ吾らのうへに止めどなく散る

笙の音と四月のひかりに誘はれ袍の乙女は舞ひ始めたり

春の日に茜色の袍うち広げ舞ふる乙女に花びらしきり

振舞はれるかき氷いとやはらかくほのかに甘し今日献氷祭

ねんごろに文字を記して切り火する若き禰宜《ねぎ》より朱印帳受く

はるかな声に

縄文人も使ひしこの沢かすかにも砂動かして湧く水の見ゆ

早春の小さき沢に手をひたし水ぬくきこと誰に告げんか

暮れ方の芝生に転《まろ》びさけぶ子ら草のにほひに夕日に酔はん

空わたる大いなる橋いわし雲　遠き友らの声も降りこよ

その思ひ告ぐること無く人の逝き寄せ書きに知る恋歌ひとつ

日の入りし穏しき海に浮かびをり　潮騒に混じる遠き人声

生ぐさき匂ひの立ちて池の面を波立てさわぐ産卵の鯉

産卵を鯉は終へしや静まりし池面にほそく光りひく雨

汚れゐし犬小屋今朝は片付けられその鳴き声をわれは知らなく

くり返し遠き一羽に応へゐるカラスは人より思ひ深きか

はらつぱに黄の蝶ふたつひらひらと縺れつつとび森かげに消ゆ

川土手に赤き夕日を眺めゐるはや若からぬ男と女

あかあかと日は山の端に沈みゆき知らず重なる両の手ぬくし

手作りのプラネタリウムに星あまたカペラの伝説きく文化祭

折り返す車内いましも降りゆきし人らの気配と温もりはつか

巡礼の道　十楽寺より最御崎寺《ほつみさきじ》に

日々絶えぬ人らの歩みにすり減りし札所の階をわれもたどりて

喘ぎつつ坂上り来ぬ　厳めしき仁王の眼の奥のやさしさ

雨の日は本堂の廂に身をよせて雨音のなか心経となふ

遠近《をちこち》にしまひ火の見え宿を出で友とわれとは畑中をゆく

十楽寺のめぐり姦しく蛙なき遠き故里の夜に重なる

名物の讃岐うどんに添へられる小皿のばら寿司亡き母の味

藤の花さかる境内　ゆるやかに経を唱ふる老いたる夫婦

力込めこころ集めて打ちし鐘ふかき響きは身内にみつる

しなやかに夕茜の波寄する浜　わづらひ遠く海を見て立つ

最御崎寺《ほつみさきじ》に

がうがうと室戸岬に寄する波　夕闇に白き波頭はしる

荒々しく岬を叩く波の音覚めて聞きをり暗き迷ひに

洞窟にともす灯りに茫々とわれらの影の重なるしばし

籠りたる空海も聞きしや　洞窟にしづくする音間遠にひびく

洞窟より出で見はるかす大洋の水平線は朝靄にけぶる

愛ほしき日々

れんげの蜜吸はんとしたる唇に痛みはしりぬ　ひそみゐし蜂

節穴の開きたる雨戸に光りさし道行く人は逆さまに映る

一人寝る部屋の天井見てをりぬ　木目はしだいに大きな魔物

お遍路の鈴《りん》にこたへて留守番のわれの差し出す一椀の米

丘に上り見晴らす盆地は春たけなは　蓮華・菜の花・麦のみどりに

シーツかぶり王女になりて踊りたり「月の砂漠」の世界広がる

おぼろなる顔になりたる六地蔵　昔の面《おも》の僅かにのこる

「けんけんぱ」寺の敷石飛びてみる　リズム残るも最早跳べない

海見んと遠く歩みて来たる道　低き家並に干し魚にほふ

思ひ出の父

桟橋の大型船が「ぽー」と鳴り飛び上がりたる己の可笑し

山道をくだりて着きし狭き浜男と猫が夕日見てをり

父の話す昔話が大好きで「あんじゆこいしや」きく父の膝

囲炉裏ばた父に抱かれ聞く話　いつしか眠り布団のなかに

つかのまの浮遊はたのし二メートルほどの石崖くりかへし飛ぶ

宵よひに父が小刀に削りくれし鉛筆のかすかな匂ひ恋ほしむ

愛ほしく悲しきものか　黄ばみたる写真にみゆる還らざる日々

発熱のわれを背負ひて灯の点る医院へ急ぐ父の背広かり

裁かれる　（オウム事件に）

子と同じゼミにありたる若者が罪犯したる経緯を知らず

雑誌記者に「普通だつた」と淡々と子が答へをり深夜の電話

認知症の母を頼むと刑場へ　悲しきことを母は知るまじ

「命の限り贖罪したい」辛うじて語りし言葉いまさらに知る

罪犯しし若者は二度殺されぬ洗脳されし日死刑執行の今日

かすかなる繫がりなるも胸いたむ死刑囚の青年の直ぐなる眼差し

事故にあひ濁流に流されし人の逝く禍禍しきは唐突に襲ふ

無期懲役　死刑と決めて執行す法の番人に確信ありや

グラナダのマリアにつぶて投げるやとイエスの言葉ふかく身にもつ

あひ向かふ聖グラナダのマリア像その眼差しは何言ひかくる

再審請求中の処刑なりしと今に知る　無知なる吾にも咎のあるべし

不信一つ心を去らぬこの夕べ黄のバラあまた抱へもどりぬ

風の盆まつり

ぼんぼりに灯のともる頃坂道に売り声たかし八尾の町は

あみ笠の赤き紐むすぶ踊り子のうなじに一筋汗のひかりて

遥かなる風をおもはす胡弓鳴り手振りたをやかに踊り子すすむ

風を恋ひ人恋ふるやうに鳴る三味と胡弓に惹かれ宵の町ゆく

あみ笠に顔の見えざる踊り子のしなふ指先におもひの見ゆる

男をどりの軽快さも良き風の盆　寺の境内町の広場に

兄と来て奈良の姉にも遇ひし宵なにに呼ばれて来たるわれらか

府中くらやみ祭り

はるばると品川の海に水を汲みくらやみ祭りのご神水となす

大國主が「まつのはいやじや」と言ひしとか　この境内に松の育たず

大太鼓五台の音は身に響き地と天ふるふ祭りの今宵

腕ほどの撥に打ち据へ血のしぶき黒く留める太鼓を見上ぐ

焼きソバやアセチレンの匂ひの立ち込める参道に高き呼びこみの声

てつぺんに金の鳳シャラシャラと音たて弾み神輿のすすむ

早朝に御旅所を発ち帰る列　太鼓も人らもゆるゆる進む

この町に育ちし人に習ひたるかぞへ唄いつも七つでまどふ

多摩府中の「昔がたり」の本もとめ帰るゆふべは風花のちる

II

再出発

操るは人か車か　高速路のヘッドライトは一瞬に過去

暮れ方の電話の声は水底の声のごとしよ　低くこもりて

泣き虫と言はれ育ちし吾なるも苦の多きいま笑ひに紛らす

生きるため水商売かと思ひしがハローワークに知る新しき道

週五日研修に通ひし六か月友らも吾も再出発なり

面接に少し飾りて応へたる今日の五分が闇に息づく

それぞれに職の決まりて訪ひし海　湘南の風に髪吹かれをり

足音

幾たびも用確かめられ刑務所の暗き廊下をギシギシ歩む

罪重ねし人らの思ひやりに支へられ七年勤めぬ養護施設に

空襲に家族も店も失ひし勝ちやんは飄々と都々逸うたふ

放埒に生きて身内の縁も切れ　人は病に穏しくなりぬ

たまさかに言葉通じる時ありて見守る吾らの声もはなやぐ

「炭坑節」初めて踊りし夏祭り間違へつつも楽しきものか

老いの手のなえて冷たし　節ふとき手に包むときほのかに笑まふ

をりにふれ会ひたしと言ふ人なりき　支へられしは吾かもしれず

積みし雪凍てつく朝か窓下の道行く人の固き足音

雪国にくらす人への手紙書き雪の重さを知らぬと気づけり

第九にあふ

ふり仰ぐ頭上のさきに巨大なるパイプオルガンかがやき放つ

トッカータ奏でるパイプオルガンは色を変へつつ流れゆく雲

オルガンの止む時ホールの静まるもしらべは未だわが胸に鳴る

天の啓示受け止め曲を創りたるベートーヴェンに今宵あひたり

ホール出で青き光りに飾られる木々を仰ぎてわが身も透けんか

眠らんとする耳奥に繰り返し今宵の第九のフレーズが鳴る

永き日々壁に飾りゐるヴァイオリン　S字の曲線沈黙のまま

生まれる

防護服・手の消毒の手順など細かく学び集中治療室へ

呼吸器やさまざまの管に繋がれる生まれて二日目の孫を見守る

あとはもう生きる力を頼まんと医師は言ひたり祈るほかなし

日々に母乳をしぼり届ける娘《こ》　その手に抱く日のはやく来よ

正福寺に求めし千体地蔵尊　赤き胸当てむすびて祈る

普通にはなれないと言ふ医師のまへ納得しがたく言葉のみ込む

「生きてゐるだけで百点満点」この言葉信条にしてこの児に添はん

成長

学芸会はナレーター役澱みなく果たしし後に廊下で大泣き

はじめてのディズニーランドが楽しくて食事する間もダンスをまねる

帰らんと玄関に立つ吾のため帽子載せくれ身なり正す子

気づかひの様々できる子の将来おぼろに見えし今日の嬉しく

埋立地に生きる

地下を出で冬日を反す大川を渡る電車の軽やかなる音

尋ねつつ辿りゆく道　かたはらに先がけて咲く低き菜の花

葦原の遠くつづきて先に行きし友の姿をはや見失ふ

木のもとに白き羽二本残るのみ狩られしものの形は簡潔

浅き沼にさざ波のたち水底にやうやく見つけしメダカ一匹

冬枯れの岸辺のなかに柳はやふつくら光る銀色の芽をだく

風に吹かれ鳥のもたらす木々や草この埋立地にさまざま芽吹く

海辺まで黒く枯れたる葦の原　風にさやさや喪の旗となる

空き瓶やプラスティックの転がりて人の侵略どこまで及ぶ

哀しきピエロ

「地獄図」はおどろおどろし　火あぶりの男おみなは眼みひらく

大岩が山を転がり「地獄図」を見たる御堂はあとかたも無し

毀れかけの手風琴ぷかぷか鳴らしをり歌もうたへぬ哀しきピエロ

癌を病む父思ひゐる山畑に蕎麦の花しろく日のかげりたり

たはむれに作りし鬼の面かぶり内気な吾もひと時はしやぐ

「鬼はそと」大きな声に豆まきし亡き父遠し　節分の宵

芽吹きして色あはあはとけぶりゐるケヤキやクヌギ　われも手を挙ぐ

かたみなる思ひふくまん沈黙に絡みとられて時のとまりぬ

演技して生くるも術と言はるるも出来ざる吾のつまづき易し

朝霧の濃く立ち込めて撓《しな》ひたる稲穂に露のきらめき無尽

ほのぼのと赤く灯りゐし夜の塔　朝は鉄の骨組みあらは

ひらめく稲妻

稲光りの回数の増え不安増す日ぐせの雷雨　昨日も今日も

帰りゆくわが町あたり黒雲の重く広がりひらめく稲妻

ウワーラエーと言葉にならぬ叫びあげ自転車に疾走若きらの過ぐ

放電の最高潮かグアーンと響き手にする傘を放りなげたり

対向の車の放つヘッドライト　降りしきる雨に虹色のキラキラ

「清瀬行」やっと見えたり懐かしき人に会ひたる思ひに乗りこむ

フロントガラスに雨ザアザアと流れをり乗客四人身じろぎもせず

迎へに来し男の広げる黒き傘に包まれるひと幸せさうだ

伐られる木

チェンソーの音の響きて伐られる木　風に飛びゆく粉と木の香と

朝からチェンソー響き立つほこり　蝶も小鳥もすがたのあらず

青きまま形異なるどんぐりがあちこちに散り午後の日が差す

根もとより伐られし事を木は知るや　はや乾きたる切り口を撫づ

朝には風にさやぎしクヌギの木　薪になりて運ばれゆきぬ

太き幹のみ残されしクヌギの木こよひは空に三日月が見ゆ

伐られたる事に早くも慣れるらし　貧しき幹にカラスが一羽

多摩湖の夕日

見覚えの観覧車は堂々と動かぬままに日の翳りゆく

うつすらと遠き山影富士なるや湖《うみ》の向かうに眼を凝らしをり

人の来ぬ湖の森かげ水鳥の低く鳴きつつ群れゐる夕べ

かたはらの広場に歌ふ少女らの声もまどかに日の沈みゆく

うとましき妬心ありしが儚くて沈みゆく日を見つつ紛れぬ

ぽこぽこと湖《うみ》の岸辺に打ちよする単調な音に凪ぎゆく吾か
やがてわれも水に溶けゆく時の来ん　湖の向かうに夕日落ちゆく

御衣黄さくら

御衣黄のさくらは何処と探す道　日々来ると言ふ人と連れ立つ

訪れし遠き日のこと忘れしが御衣黄のうすき緑は記憶にのこる

「ほら見て」と友の声して真白なる八重のさくらはわれらの頭上

道端にすみれの群やキラン草ここが好きなのと言ふ顔に咲く

飲む水はきりりと冷えし山の味かはきし喉にごくごくと飲む

「竜胆が咲いてますよ」と言ふ声す　草むらに尖るむらさき一輪

坂道に根を張る小さきすみれ草　吾も負けじと足を踏んばる

さまざまな色の桜を見たる今日　夢のなかにもさくら咲くべし

まどろむ鶯

危ふくも飛びきし藪の低枝にうぐひすの子はまどろみ始む

近づきし吾を恐れず不思議なるものと見るらし鶯の子は

間をおかず鳴く親鳥の声近くうぐひすの子は枝にまどろむ

ここに鳴くカラスの声に遠き声応へて空をわたりゆく恋

着水の角度たがはず川の面をすべる鴨らのこころよき音

早朝につけしテレビに映される一億四千年前の恐竜の足跡

林のブランコ

しなやかに手足の弾み春風と競ひて子等は林駆けゆく

ゆつたりと揺れるブランコに身をあづけ少女は白きページをひらく

幼児は人種の違ひも気にしない車内ににつこり手を伸ばしをり

それぞれにブランコをこぐ父と子は時をすすめる二つの振り子

わがめぐりポツポト落ちるどんぐりは二、三度はづみ地に静まりぬ

秋晴れの公園児らの鬼ごつこ追はれる時に高き声あぐ

ふつくらと脹らみ力充ちてゐる桔梗のつぼみの掲げる明日

忘れがたき記憶のやうな赤き月すこし滲みて夜半にかたむく

もと結核療養所

鈴懸の実のさやさやさやと鳴る音に惹かれこの地に越し来たるかも

故里の松山に向く「波郷」の碑あそぶ西日に文字読みがたし

山桜・こぶし・椽《くぬぎ》など古き木々多きこの地はもと結核療養所

廃屋の病棟のなかベッドわきに打ちすてられし枕頭台も

かたはらに白梅の咲きこの土地に療養したる人らの眼差し

低き碑は「出発点」と記されて日々に歩みし人らの証し

丸き池にカルガモ遊びてゐたる日よ　薄氷ひかる大寒の今朝

親しみて「さくらの園」と呼びし庭　石のベンチをおほふ雑草

くるくると風に吹かるるわくら葉のつと静まりて冬楢高し

病棟にぬくき灯りのともる夜はここに逝きたる人を恋ほしむ

保存される狭き外気舎木も古りて使はぬイスやベッドが乾く

「もういいかい」まだ遊びたい子供らと空を飛びゆく鳥の夕べ

平林禅寺

冬日差す障子戸のうち経を読むのびやかな声境内にひびく

雷の真二つに裂きし大公孫樹　裂かれても木は天《そら》指して立つ

ピョコピョコと尻尾ふりゆくセキレイは箒目見ゆる本堂の庭

碑《いしぶみ》に「空風火水地」と大書され大名家の墓は石塀のうち

信玄の娘の墓と記すのみ　簡潔なる碑にその生見えず

紅葉は午後の日差しに赤く透け木下の土のかすかに赤し

寺庭のあかき椿に雪積もり　ひる過ぎばさつと雪こぼれ落つ

雪の溶け樋打つ音のポツリポツリ　静まる寺に午《ひる》の刻すぐ

ナウマン象のゐた丘

草丘に幼児のふくシャボン玉風にくるくるパチンと割れぬ

幹ふとき山さくら花　吹く風にちる花びらは遠き言の葉

丘の上白き蝶々飛んでゆく網ふりまはす子等置き去りに

太古より此処に生きたる草木や獣の霊《いのち》は空にあそばん

黒目川・出水川の交はるこの辺りナウマン象と人らの痕跡

古き代の墳墓の跡に咲きさかる野苺の花きよらなる白

三万年前の礫石《れきいし》に残る火の跡はナウマン象を狩りたる証し

鹿を追ひ鬼くるみ拾ひし古き代の跡をたづねてこの丘を越ゆ

III

梓川のほとり　上高地

新緑の森に囲まれるダム湖見え車窓に広がる青きさざ波

暮れてゆき夕靄つつむ連峰にいつしか吾も漂ふものか

雪のこる穂高は月に浮き立てる白き古城か　しばし見まがふ

春の日を反して流るる水の辺に語らふ声はせせらぎに和す

眼前の焼岳に登りしは二十歳　山におのれに来し方を問ふ

朱鷺色に芽吹きけぶれる白樺の林に沿ひて梓川ゆく

手に留まる豹紋蝶《へうもんてふ》はかすかにも羽の震へてしばらく去らず

浅き川三つに分かれ流れるも再びあひ寄りひとつとなりぬ

テーブルに点すランプは窓そとの川に映りて水面のあかし

久々に生ビール飲みたるわが体思ひがけなき浮遊感にあり

シャラシャラと水や砂礫《されき》の川音にウグヒスも加はり水辺はコンサート

暗き岸に一つほたるの光跡は雨もやふ闇にふいに消えはつ

今朝は去る穂高の峰に霧のたち惜しむ車窓に茫々と白

島唄　石垣島に

海ぞひのバーのテラスも夕暮れて夏の星座のたしかになりぬ

教はりて選びしカクテル海の青　キャンドルの灯に透けてはなやぐ

星ひかり波音はるかな暗き海　語らふ声は波間にただよふ

ハート型に小さき灯りを連ねたる「恋人みさき」は人影もなし

森かげに初めて見たる月桃のほのかなる白忘れがたしも

三線《さんしん》にうたひてくるる島唄のこゑ伸びやかに島を去る朝

鬼の打つ太鼓

千枚田の斜面は海に連なりて海光あまねく青田を照らす

日本海の際まで耕す千枚田　白き泡たち荒波の寄す

潮風と強き日ざしに稔りたる千枚田の米粘りのあらん

攻めてくる敵け散らすと鬼になり鳴らす太鼓のひびきは重し

叫びつつ髪振り乱し御陣乗太鼓打つ男らに舞台の狭く

旅の夜の星はかがやき果てもなく語る吾らの話ふくらむ

丁重に過ぎるサービスにやや疲れ名高きホテルの玄関を辞す

威勢よく女らの仕切る朝市の干し貝柱大盛り千円

朝市の終はり昼から畑だと輪島の女ら逞しく笑ふ

高々とプールのイルカはジャンプして能登の空と海のあはひに

嬬恋の丘

嬬恋の丘さはさはと風わたりなびく芒にしばし隠れぬ

嬬恋に熟《う》れしトマトにかぶりつく　甘き果汁を口より垂らし

日の暮れに競ふごと鳴く森の蜩　明日は消えゆく命もあらん

まとひつく綿虫打てば手のひらに血の色まじる黒き糸くづ

望遠のレンズ捕へし山鳩のくれなゐ深き目を盗み見る

街灯に肩照らされて行く吾ら　俯きがちな背は何を負ふ

蜘蛛の巣に顔を突つ込み囚はれぬ　はりつく糸は粘りてひかる

蜘蛛は待つひたすらに待つ　林間はひとかげも無く遠き町音

原爆ドーム

資料館まで歩くと決めて暑き日に地図を頼りに行くヒロシマの道

頭垂れ長き黙禱ささげゐる異国の青年に続きて祈る

折り鶴を頭上に掲げる乙女像　鳴らす鐘の音ここまで響く

原爆の後遺症の会に誘ひくれる高校生らの言葉頼もし

被爆後に芽吹きしといふ爆心地の青桐今年の若葉いきほふ

累々と人らの焼かれ流されし川岸の草手にやはらかし

エノラゲイ原爆投下のジオラマを手摺に摑まり眩暈に耐へる

原爆の本当の恐さを知らぬ吾　近よりがたき川向かうのドーム

アイヌコタンに

稚内めざす夜行に乗りあひて同志のごとし若者とわれら

アイヌコタンに聞きゐる指笛ムックリは不思議なひびき風や雲呼ぶ

着せられしアイヌの衣の良く似合ふむすめ笑顔に写されてをり

ゆるやかなアイヌの古謡　その調べふかく静かにわが胸去らず

やうやくに着きし山頂人に慣れたる蝦夷リス差し出すポッキー掴む

見はるかす大雪は深く連なりてカムイや熊の気配に鎮まる

丘の道上り下りて咲き残るうすゆき草や礼文こざくら

浜頓別に踊り終へたる少女らはトラックの上に手をふりて去る

福祉研修旅行　（スウェーデン・スイスなど）　1996年

午後四時のマルメ市ははや薄暗く卓上のランプに寄りあふ吾ら

森に摘みし木苺やスグリなど添えられる味良き食事に心のゆるぶ

25％の高き税にも私たちの選んだ政治と胸はる人ら

チューリッヒの丘朝十時ひびき来る教会の鐘に包まれて立つ

チューリッヒ尼僧院の窓シャーガールのステンドガラスは薔薇のはなやぎ

町ごとに核の避難所あると知る永世中立のスイスの山河

登山列車の窓に広がる高原にあそぶ山羊らのカウベルひびく

人と違ふをモットーと言ふディーゼンバッハ個性と調和の家並あふぐ

日本より低き信号　子供らや高齢者への配慮が見える

障がい者も共に住みゐる住宅に名前はあらずサポーターが守る

食事中も説明止まぬドイツ人日本のわれらと気質似てゐん

アンコールワットの城壁　２０１５年

日の出見んと来たる広場はまだ暗く知らざる国の言葉さざめく

待つうちに椰子の木・古城の影のたち朝の茜は空に広がる

無料なる子供病院はや暑く児を抱く母ら開門を待つ

壮大な歴史を刻む石の廊　刃持つ兵と象らの群像

夕あかねに染まりし石の大寺は今ありありと遠き代語る

ツクツクはバイクタクシー軽やかに町を行き来し象を追ひこす

木の下にハンモックが揺れてをり　村の人らは朝からゆつたり

手摺りなき高き城壁よじのぼり降りんとすれば心の震ふ

案内のロンさんの手にすがりつき恐怖のうちに下りる城壁

痩せてゐる犬は綱なくのびのびと庭に寝ころび自由なるさま

馴染みなき経朗々とひびく夕　異郷にあると深く思ひぬ

裸足にて遺跡に物を売る子等は笑顔あかるく日本語あやつる

求めたるシルクのスカーフ手にすべり　売り子の細き手足がうかぶ

制服を着て通学の子等もゐて貧富の差のある国の現実

寄付箱に残りし貨幣を入れてをり　少しなぐさむ旅行者われら
手をあはせ感謝を示す静かなる人らに会ひし旅なつかしむ

Ⅳ

夢をみてゐし

長き夜に忘れてしまひし夢もあり我がものなれど跡ものこらず

眠るときも微かに覚めゐる意識にて浮かぶもろもろ夢と言はんか

賑やかに父母のゐて吾もゐる時の止まりて夢より覚めぬ

雨の日が好きだつた吾　出会ふ人の眼差し傘のうちに逃れて

あとさきの事おぼろなり亡き夫の無言の背中ゆめに見てゐし

暁のあかねに染まり白鳥の群れゐる夢より覚めてしまひぬ

赤き迷宮

乾きたる赤き絵の具を水に溶き　淡きシクラメン葉書にひとつ

くるくると緻密な曲線交差する彼岸花のかかぐる赤き迷宮

きらきらと光るイヤリング着けし日はしたたかに嘘もつけさうな吾

ゆるやかに形の変はり色まとふ羽化する蝶は南天の枝に

南天に羽化見守りし豹紋蝶《へうもんてふ》今日もひらひら林とびゆく

ひらひらと飛びゆく蝶を追ひかけて野をゆく吾は足もつれつつ

洗ひ髪

耳の不調乗り越えし友舞台にてパルティータ弾く姿のまぶし

そのパワー分けて欲しいといふ吾を躊躇ひもなく抱きしめる友

高原の写真を掲げサックスを吹く男をり地下コンコース

ほの暗くランプの灯る酒房にて「錆びたナイフ」を口ずさむ友

洗ひ髪ゆびに冷たくふるる時恋ふる人なき空しさを知る

生まれたる意味など猫は問はぬらし「ニャー」と一声目のあひし時

露ふくむ松虫草に蜂のきて動かぬ時を見守りてをり

やうやくに霧晴れたるもつかのまに新しき霧に包まれてゆく

列島を縦断するとふ台風に挑むごとくに吾は旅立つ

四時間を特急列車に運ばれて降り立つホームにわが身のたゆし

ひゆるひゆると窓打つ風の鳴る音を覚めて聞きをり蓼科の山荘

落合川の岸べに

川底の小石の透けてボコボコと瀬をゆく水のリズム乱れず

蝶の飛び鳥の声する川べりに子らあそぶ声秋日にはづむ

川岸にならびて座る若きふたり声そろへ読む英語のリーダー

川に入り澄みたる水に触れたきに段差をおそれわが留まりぬ

川岸に沢胡桃の実のたわわなり　日を奪ひあひ路せばめる木

ジョイナスとゐた夏

正面に富士の大きなシルエット左に北岳堂々と近し

一筋の茜雲見え明けてゆく山並みに雲海の白く沸き立つ

明けてゆき山並上る雲海のしだひに薄く空にとけゆく

示される北斗七星覚えたし　遥かなひかりをひとつづつ辿る

人ならば九十歳の馬ジョイナスは若葉する林の厩舎に生きる

初めての乗馬の友を背に乗せし馬は労るごとく静かに歩む

耳聡くひとみ優しきジョイナスはありがたうの言葉全身に聞かん

清里の駅に展示の機関車の車輪ずしりとわが背を越える

黄の蝶は恋の季節か寄りそひて離れふたたび空にあひ寄る

ひとつの無花果《いちじく》

ヴェランダに初めてなりし無花果を今日か明日かと採る日をまよふ

悪事など犯すがごとく躊躇《ためら》ひてたつた一つの無花果を捥ぐ

「甘いねー」と独りごと言ひかぶりつくわが家のイチジク果汁したたる

無意識に手繰り寄せゐる不幸などあるべしふいにその貌見えん

昂ぶりて楽語りゐし若きらの降りし車窓に夜の闇迫る

ビルあひの淡き夕焼けまだ吾に人を恋ほしむこころの残る

別離

気づかずに過ぎてしまひし幸あらん　吉祥草の淡きむらさき

流れゆく木の葉と川をのぼる魚いづれも透けて水面ゆきかふ

明確な境のあらず死はそこに　わが身を煽りトラック疾走

障害の重き子を残しあひつぎて逝きたる夫婦のなげき忘れじ

すべも無き別離を知りしこの朝鶯の声にかなしく寄りゆく

行き行きてこころ穏しくなりし頃　林を過ぎてタンポポの原に
うつうつと心重たきこの宵はレクイエムの歌にわが澄みてゆく

愚かしきわれ

散歩より戻りし吾に飛びてきし黒揚羽はわが肩先に留まり動かず

今日一日誰とも話さずわが肩に留まりし蝶はつかのまの友

渋柿の冬日にとろとろ熟れたるをスズメもムクドリもさわぎ啄ばむ

凍りつく夜になるべし暮れてゆく林にカラスの細き一声

をりふしに人の心にさやるとも己の心に疎き吾かも

もろもろの愚かしきこと積み重ね訳知り顔のわれも老いたり

バセドー氏病病みたる頃の茫々と記憶のうすきも救ひなるべし

ピンクの胃の腑

横たはるわれの臓器を写しゐるスキャンひえ冷えとわが胸すべる

見て下さいと言はれ真向かふ吾の目にピンクの胃の腑は他人の顔す

申告に心悩ますこの日頃　ＣＴに撮られしわが胃は重たき茶色

断れず受けしチラシを四つ折りにまだ持ちてをり捨てもならずに

秘めてゐる思ひ捨てんかペン先のきらと光りてわれを惑はす

風呂上りにじむ鏡にうつりゐる裸の悪童われに会ひたり

さくら

桜ちる桜ちるちると習ひし詩おぼろおぼろに心を去らず

池岸に夜のさくらは照らされて水面に映りわれを酔はしむ

千年を超えし枝垂れの桜さき　風にゆらゆら思ひをこぼす

ほの白く漂ふものはポプラかと目に追ひをれど空にまぎれぬ

林路マスクを外しゆくわれに微かにとどく若葉の香り

おぼろなる十三夜の月あふぎつつ誰にも明かさぬことなど思ふ

ふるさとの道

わが歌集よろこびたまふ師の便り脳梗塞に文字の乱れて

シーボルトの娘のイネの足跡も残るこの町に知ること多し

古き歴史留める故里卯之町に張りある声の子らの挨拶

行きかふる人も稀なる故里の空もコスモスも濁りなき色

はるかな日荷車曳きし父と吾　茜雲やこゝろあざやかに還る

農に生きし亡き父の手は顔よりもありありとして目裏に顕つ

行き倒れし娘遍路の墓をたて守り来たるは友の祖と知る

最後のかたち

兄逝くと知らされ奈良へ発つ朝　低き段差に易くよろけぬ

小さき日のままごと遊びに似てゐるや物言はぬ兄に花を捧ぐる

槠の葉にすくひし酒を二、三滴垂らす口もとほのかなる笑み

この世なる汚れ悲しみ今は消え浄き形に兄はなりたり

ふるさとの四季写したる写真集贈りくれたり　最後のであひ

残されし最後の形まだ熱き兄の遺骨を箸に抱きあぐ

葬りおへし夜の車窓に降りそめし時雨はすぢ状に走る

富士峰の向かうに落ちる茜雲逝きたるひとの声聞こえんか

ふるさとに降る雨

遥かなる水平いでし一条《ひとすぢ》の日に染められし波ここに果つ

チイチイと千鳥を呼びて浜かけし智恵子は今も空に遊ばん

森かげに智恵子の詩碑は潮風に吹かれ年経て文字かすれをり

浜辺には釣する男逆光に影くろぐろと像のごと立つ

砂浜に残る靴跡にわが足を重ねてみるも次は何処へ

晴れわたる夜空に「きぼう」を見送りぬ　草むらに高きコホロギの声

満月を囲める丸き虹の暈《かさ》　われも抱かれ高空へゆかん

水に宿りながらへしわれ終の日はふるさとに降る雨になりたし

午前四時外灯は虹色の露まとひ　金木犀は濃き香を放つ

星の消え日の出るまでの幕間のやうなる時にさやさやと風

さざなみのごと森わたる蜩《ひぐらし》にしだいに意識さめゆく朝明

水のほとりに

舟かへる銚子の浜にカモメらの羽ばたく音はにぎやかに降る

白亜紀と記される崖に手をふれぬ　はるかに繫がるものは温とし

拾ひ来し貝や小石を水に浸けよみがへる色に潮騒をきく

をりをりの吾の苦境をさり気なく救ひしは誰　遠き祖ならん

散りしさくら川の澱みにたゆたふも気づけばゆつたりわが前を過ぐ

窓ぎはに土偶の馬は耳をたて飛びかふ鳥や風を聞くべし

のり越えしこの春にあふ輝きよ木々の芽吹きや桜はなびら

あとがき

愛媛・西予市に生まれ育った私は、川のそばで遊ぶ子供でした。堰を越えほとばしる水を手に受け、その不思議さに飽きることはなかった。山間の小さな流れには沢蟹や石を這う小さな魚など……

第二の故里となった清瀬には柳瀬川が流れ周辺の黒目川・落合川を歩くとさまざまな出合いがある。ゆったりと泳ぐつがいの鴨、餌を狙い動かぬ小鷺なども楽しい。

旅すきな私の最も愛する上高地。初めて訪れたのは二十歳。大阪から夜行に乗り、明け方に着いたこの地に強い印象を受けた。その後は家族や友人と訪れた。

コロナ禍の去年は一人で訪ねたが、梓川や残雪の穂高連峰に向かうとき初めての日と同じような感動を覚えました。

題名「水の詩がきこえる」にはそのような私の思いを込めました。

同級生たちは今も変わらず私の短歌に思いを寄せてくれます。西予市立図書館や母校宇和高等学校のあたたかい配慮に、この場を借りてお礼申しあげます。

短歌結社「かりんの会」では馬場あき子先生をはじめ多くの指導を受ける機会となっています。朝日カルチャーセンターでは日高堯子先生より多くの助言をいただき、この歌集への道がひらけました。

かつて教えをうけた川島喜代詩氏や尾崎左永子氏には今も届きませんが短歌を続けることがご恩に報いることと考えています。

「武蔵野うた会」での忌憚のない話し合いで多くの刺激や教えをいただいております。短歌や今までの福祉の仕事を通じて繋がった多くの絆は今を生きる私の支えとなっています。

二〇二二年十一月

中平武子

著者略歴

中平武子（なかひら　たけこ）　本名　山田武子

一九四二年　愛媛県にて出生

介護福祉士、社会福祉士として働く

一九八六年　「運河の会」に入会　川島喜代詩氏に師事

二〇〇八年　「星座の会」に入会　尾崎左永子氏に師事

二〇一三年　「かりんの会」に入会

二〇〇四年　歌集『火の花』出版

二〇一三年　みんなのエッセー『はぁもにぃ』出版

二〇二〇年　歌集『しらべは空に』出版

歌集　水の詩《うた》がきこえる（かりん叢書第411篇）

二〇二三年二月七日初版発行

著　者　中平武子

東京都清瀬市竹丘二―二―三八―二〇一（〒二〇四―〇〇二三）

発行者　田村雅之

発行所　砂子屋書房

東京都千代田区内神田三―四―七（〒一〇一―〇〇四七）

電話　〇三―三二五六―四七〇八　振替　〇〇一三〇―二―九七六三一

URL http://www.sunagoya.com

組　版　はあどわあく

印　刷　長野印刷商工株式会社

製　本　渋谷文泉閣

©2023 Takeko Nakahira Printed in Japan